THE SHADOW OF MY SOUL

CASE STUDY OF HEART

BY

AADARSH GUPTA

ISBN 978-93-5438-475-2
© Aadarsh Gupta 2020
Published in India 2020 by Pencil

A brand of
One Point Six Technologies Pvt. Ltd.
123, Building J2, Shram Seva Premises,
Wadala Truck Terminal, Wadala (E)
Mumbai 400037, Maharashtra, INDIA
E connect@thepencilapp.com
W www.thepencilapp.com

DISCLAIMER: *The opinions expressed in this book are those of the authors and do not purport to reflect the views of the Publisher.*

Author biography

Aadarsh Gupta, the author of The Shadow Of My Soul, 2020, The New New Thing, Moneyball, The Blind Side, Panic, Home Game and The Big Short, among other works, lives in Sagar Madhya Pradesh. aadarsh writes books, which, considering where you're reading this, makes perfect sense. He's best known for writing fiction, Poetry.

well Enjoy---

Contents

Better To Begin
with Chaos

बंद मुट्ठी में मेरे ख्वाब कितने हैं किसने देखें,

बेशक अंधेरा है और बुझे हुए मेरे चिराग भी है,
पर साथ मेरे चलने वाले , जुगनू हजार किसने देखें,

शायद रास्तों की हवाए मुझे धीमा कर दें,
पर रास्तों पर मुझे कोई रोक नहीं पायेगा मालूम है मुझे,
मुझे याद रहेगा यह सब भी मैं कितना अकेला था,
दिवाली के भोर में , कितना अंधेरा था,

बंद मुट्ठी में मेरे ख्वाब कितने हैं किसने देखें,
बेशक अंधेरा है और बुझे हुए मेरे चिराग भी है,
पर साथ मेरे चलने वाले , जुगनू हजार किसने देखें,

Bloody Breath @2am Version

It's about the night, where there is no hope in my sight.

I was crawling on the knees

Begging from God,

Hey Dominator! Do something for me.

Let's take that story further back,

Behind the cause of those body scratch,

I don't believe, in believe,

And excuses, that you uses, to excuse me,

You Know,

Hard time never passes, same happen with me,

It was a time, when 2 am stuck in clock,

Did you know....(Stretch Kar ke bolna)

Hell, no one pleased me,

my hopes where hoping for my hopes,

You are try your best, to make my mess,

Out of my control, you know what I mean,

Bitter better bitter(laugh crime wali)

I don't know the promise you made is for which sake,

You Know but still i believe in God,

What does how know,

what if something hidden in spare of time?

One thing that I want to conclude about that night,

U know...

Where everything is stop,

except my bloody breath on that night,

Yeah bloody breath(with danger laugh

Smoking

Baat thodi kadvi hai, lekin janhit mai jari hai, baat agar buri lage toh samjh lena aapko bhi nashe ki bimari hai,

Shuruaat tab se hi ho jati hai sab phela khayal aata hai,

Ek baar nasha karke dekhne mai kya jata hai,

Life toh apni hai, life mai jinna bhi toh banta hai,

Ek hi baar toh liya hai, konsa maine bahut bada gunah kiya hai,

Galat sahi pata nhi kaisa inka funda hai,

Mana yeh babu gayani hai bahut bade,

Lekin inko nashe mai adventure kaise dekhta hai,

Life mai kuch gyani aate,

Jo nasha karne ko adventure batate hai,

Unko pata nhi hota inki kahani flop hai, fir bhi apne aap ko Shakespeare batate hai,

Dosti ki baat karna bhi jaruri hai, kyuki yeh aaisa virus hai jo sala aapna friend hi phelata hai,

Chal ek Friendship ke naam mar, ek pyar ke naam,yarr aaj dil toota hai, aaj maja nhi aaraha, tension hai re aaj,

Chal aaj meri taraf se,

1 se 2, 2 se 4 hone mai kaha time lagata hai, hat sad moment par tere bhai ko sutta mangta hai ki

Kuch din mai hi yeh itni baad jati hai,

Ek din mai maine kitni pili ginne,

ke liye aungliya kaam pad jati hai,

Yeh apni life ko kuch Aaise karte hai choreograph,

Phela aata hai sutta, fir aata hai koi inka expensive mahanga khwabh,

Aagar meri baato ko kar rahe ho thoda sa bhi co-relate,

Toh band karo na apni life se sutta chhale for all mighty god sake...

Beeti Hai Toh Kal Hai

Beetiya hai Janab, kitni bandishen lagaoge,

Har halat par sawal unnse hi kab tak puchate jaoge,

Unke kapadon ki piche kab tak apni chhoti Soach chupaoge,

Chalo maan liya iss sab mai inn ladkiyon ko galti hai,

Par aab tum batao uss 5 mahine ki bachi ko kaha galat tharaoge,

Kahana aasan hai "Say No To Rape", Par badalna mushkil,

Kabhi jana hai uss dard ko, mahsus kari hai wo chekhe, wo hawan ki hawaniyat,

Tum har baar soachte ho badalne ki, hawan ki Soach ko, kanoon ko,

Par badalti hai ladkiyan, unke aasu, unki cheekhe,

Par hame kya hone do jo hota hai,

Hamm fir status lagayenge, jayada hua toh mombatti lekar sadkon par aa jayenge,

Justice ke naam par, fir hungama machayenge,

Dhango ke naam par fir insaniyat ko jalayenge,

Ladkiyan kya baat karte ho janab, fir bandishen lagayenge...

My Dearest Friend

तू अब वो नहीं जिससे मै चाहता था

जिस पर में आपनी जान वाहारता था

मेरा दिल का एक हिस्सा भी तेरे पास था

मानो मेरी धक्कन्नो मा भी तेरा राज था

तेरी अनकही बातों को मा यू पढ़ लेता था

जैसे तेरे दिल की हर एक धड़कन को मा सुन लेता था

कभी सोचा नहीं था कि यह दिन भी आएगा

मेरा दिल तो धड़केगा पर तेरे लिए धड़कना बंद हो जाएगा

कभी सोच के जिन बातों को मैं मुस्कुरा दिया करता था

आंखों के पन्नों में ही तेरी तस्वीर बना लिया करता था

वह जो मैं तेरे राज को आंखों से चुरा लिया करता था

अब शायद अब शायद मुझे में वो बात नहीं है

अब शायद मैं तुझे पढ़ सकूं इतनी मेरी औकात नहीं है,

सुना था जितने रिश्ते पुराने होते हैं उतने ही उनके रंग सुहाने होते हैं

लेकिन तेरी कहानी के दस्तूर ही कुछ और होते है हम तो तेरे हैं लेकिन तेरे इश्क

के रंग कुछ और होते है

याद कर जब मैं तुझे सुना करता था

तू कहती तो रोता था तेरे मुस्कुराने पर खुश था

वह शब्द ही थे जो हमें बांधते थे

इस सब में उन शब्दों का क्या दोष था माना हमारी कहानी झूठी थी, लेकिन उस

हर एक शब्द में ताजमहल सा नूर था

अब शायद अब शायद मुझे में वो बात नहीं है

अब शायद मैं तुझे पर लिख सकूं इतनी मेरी औकात नहीं है,

तू अब वो नहीं जो पहले हुआ करती थी

तू अब वो नहीं जिससे में जनता था

जिससे जाने ना अनजाने में आपना भगवान मानता था

और शायद तुझसे ही तेरे लिए दुआ मांगता था

तेरी तस्वीर मा भी कुछ काम जादू नहीं हुआ करता था

जिससे देख कर मैं आपनी रूह का दर्द भी भुला दिया करता था

आंखो में आंसू होने पर भी तेरे लिए मुस्कुरा दिया करता था

मना मना मेरी सारी कोशिशें मेरी औकात जैसी सस्ती थी

लेकिन शायद मेरे दिल मा बसी तेरी मोहब्बत तेरे नूर जैसी सची थी

जब तू मुझे कुछ कहकर बुलाती थी , मानो फिर सारी खुशियां मेरे सामने आपना सिर जुकती थी

अब शायद अब शायद मुझे में वो बात नहीं है

अब शायद मैं तुझे बुला सकूं इतनी मेरी औकात नहीं है

Maa...

मां जब कुछ नहीं तो तेरी याद आती है, के

मेरे जिंदगी के खाली पन्नों को भर के तू कहां खो जाती है,

तू मेरी खुशी से ज्यादा मेरे गम में साथ रहती है

मुझे पता है मेरे सामने तू हंसती है लेकिन तेरे गमों से तू भी हैरान रहती है।

मां जब कुछ नहीं तो तेरी याद आती है,

मेरी नींदों को तेरी लोरियो की याद आती है,

मेरे फैसलों को तेरे हौसले की याद आती है,

मेरे गानों को तेरी चूड़ियों के सुरों की याद आती है।

मां जब कुछ नहीं होता तो तेरी याद आती है,

मेरी चोटो को तेरी मलहम की याद आती है,

मेरी आंखों को तेरी मुस्कान की याद आती है,

मेरी लिखी हर एक कहानी सबसे पहले तेरी आवाज बनना चाहती है।

मां जब कुछ नहीं होता तो तेरी याद आती है,

मां मुझे लगता है कि मेरा हर एक लमहे तुझसे कुछ कहना चाहता है,

मेरी जिंदगी की बीती हुई बातों को तेरे सामने दोहराना चाहता हैं,

मेरी जिंदगी के लम्हे अपने आप को तेरे सामने इस तरह परोसते होते हैं,

मानो वो मुझसे ज्यादा तेरे जिंदगी में अपने आप को खोजते हैं।

मां जब कुछ नहीं होता तो तेरी याद आती है,

घर से निकलते वो तेरी बातें याद आती है,

जब तुम मना करती थी किसी से कुछ लेकर खाने को,

अपना सामान किसी के भरोसे छोड़ कर जाने को,

पर याद आती तेरी वो सीख तो कहती थी अपने हिस्से का खाना किसी भूखे को खिलाने को।

मां जब कुछ नहीं होता तो तेरी याद आती है,

तेरे हाथों से बने खाने की खुशबू मुझे तेरे पास खींच लाती है,

एक बात तो बता मां तू वो खीर में इतना स्वाद कहां से लाती है,

मा तेरे खाने से बस मेरा पेट भरता है, तू मेरे दिल को कहां संतुष्टि दिला पाती है।

मां जब कुछ नहीं होता तो तेरी याद आती है,

मेरी बदनसीबी मुझे तब जान आती है,

जब तेरी आंखों में आंसू तो बहुत होते है पर मेरी खुली आंखों उन्हें पहचान नहीं पाती है,

इतने जादू तू कहा से चुरा के लाती है,

आपनी ममता से हर भर तू मेरी आंखो को नम कर जाती है।

मां जब कुछ नहीं होता तो तेरी याद आती है,

मां तू आपने आप को कहा बड़ा मानती है,

मेरे हर एक खेल में तू आपने आप को बच्चा मानती है,

तू मेरे हर एक बर्थडे का केक खती है, पापा के मना कर पर तू जोकर वाली टोपी बांधती है,

कियू तू मेरी खुशी के लिए हर कुछ कर जाती है।

About Sanjh

ए चांद मैं क्या तेरी नुमाइश करूं

तेरा पहरा तो सांझ करती है,
और मुकर्रर करने को तो पूरा जहान बाकी है
पर यह दुनिया है कि व्यापार करती है

सांझ एक हकीकत है,
सांझ एक तिलिस्मी नजारा है
जो डूबते को सहारा देती है,
और उगते को अपने आप में डालने का एक मौका।

Shayar Mera Dil

Likhna koi kala nhi,
Shabd toh yuhi piro diye jate hai,
Jo dard ko haskar jena sikh le,
Wahi asali shayar kahalate hai....

तेरा रंग बादामी देख के,
मेरा मन सा मचला जाए,
तेरी घूंट - घूंट हर चुस्की से,
मेरी सुबह - शाम बन जाए।

Kiya Likhu Teri Tarifon ma,
Teri Tuk Bandi Tujhe Hi Salam Karti hai,
Teri Aawaz ki Khushbu ma Wo Jadu Hai,
Jo mere dil Ke Bagiche ko Khushnuman karti hai.
आज उनकी आंखों में मेरा कत्ल हो रहा था,

पास गया उनके, रोका उन्हें,
पता नहीं कियू आज उन्हें,
किसी और से इज्जहर-ए- इश्क़ हो रहा था.

आज रोष है आक्रोश है उस तुच्छ प्रयास का,
जीत है ना हार है फिर बलिदान क्यों हजार हैं

रोष है आक्रोश है उस तुच्छ प्रयास का,

जीत है ना हार है फिर बलिदान क्यों हजार हैं

वह वक्त है हां आ खड़ा, जब आक्रोश आख़ मा दिखा

वक्त का बवाल है हां प्रतिशोध की ये आग है

आवाम की आवाज है तुम शत्रु को पछाड़ दो

सिर हा धर से काट उनकी की घात को आघात दो

जीत कर जिए हो तुम, युद्ध की हुंकार दो

कर विजय लाहौर को तुम शांति का पैगाम दो,

आज रोष है आक्रोश है उस तुच्छ प्रयास का,

जीत है ना हार है फिर बलिदान क्यों हजार हैं

सिंच कर गए वो भूमि लाडले के खून से,

खून को सम्मान दो शौर्य का प्रमाण दो,

युद्ध का आह्वान दो, खा कसम शहीद की

मृत्यु को पैगाम दो, तुम वतन के वास्ते हा पाकिस्तान को जवाब दो,

आज रोष है आक्रोश है उस तुच्छ प्रयास का,

जीत है ना हार है फिर बलिदान क्यों हजार हैं

उठ गया सवाल हा हम नहीं है मानते,

पीठ पर वार करना हम नहीं हैं जानते,

सपूत वीर लाडले है मां के,

वतन के वास्ते हजीना सौभाग्य अपना मानते,

रुक गई है सांस हा यह घाव हां विशाल है,

उठ रही है वो कहा अब हर ने तेरे प्राण है,

रोक ले तो रोक ले सारे फ़िदायीन जोक ले

कर गुना यह तूने अस्तित्व के अंत को बुलाया है
फौज भी तैयार है चड़्ढा उन्हें खुमार है,
अब तेरे अस्तत्व पर उठ सवाल उठाया है।

आज रोष है आक्रोश है उस तुच्छ प्रयास का,
जीत है ना हार है फिर बलिदान क्यों हजार हैं
रो रही है मा अपना शूरवीर खोने से,
डर रही है वह अपने लाड़ले को छूने से,
हे घड़ी कठिन बहुत धैर्य का प्रमाण दो
एकता अखंडता देश को सम्मान दो
याद करके उन वीरों को दिल से प्रणाम दो,

Move On

Shayad aab wo "move on" kar chuki hai

Meri batao se meri kahaniyon se
Mere raston se mere ankahe alfazo se
Shayad usse pasand nhi aata mera usse har ek baat
batana
Mera usse uski hi tarifon ko sunna
Mera bina baat ke ussko maska lagana
Mujhe lagata hai Samajhdar hai wo
Shayad meri juthi tarifon ko samjh chuki hai
Shayad aab wo move on kar chuki hai.

Shayad aab wo "move on" kar chuki hai
Shayad aab wo bhul gayi hai unn bataon ko
Yaa kisine bhula diya hai unn bataon ko
(#Mujhe_nhi_pata)
Aab shayad wo kisi aur ki baat par hasti hai
Mujh par thoda kam uss par thoda jyada trust karti hai
Shayad akele mai usse bat karna pasand karti hai
Usse ke liye family ka call katati hai
Mujhse bolti hai mai busy hu fir shayad usske liye typing
mai lag jati hai
Mujhe lagata hai wo apna chat off karna bhul jati hai
Shayad wo mera contact kab ka block kar chuki hai
Shayad aab wo move on kar chuki hai

Shayad aab wo "move on" kar chuki hai
Shayad uss se aab mere msg padhe nhi jate
Shayad usse aab mere saval pasand nhi aate
Meri likhi hui kahaniyon par aab wo hasti nhi hai
Aab wo nhi kahati mujhe yeh pasand
Aab wo nhi kahati mujhe yaha jana hai wo kahana hai
Mujhe ek baat ka darr hai
Wo itna sudhar gayi hai
Ya mujhse hi itna professional ho rahi hai
Shayad meri liye apni life ka door kab ka lock kar chuki hai
Shayad aab wo move on kar chuki hai hai

Shayad aab wo "Move on" kar chuki hai

जब भारत माता शूरवीर का तिलक करेगी

जब भारत माता शूरवीर का तिलक करेगी

जब मां का बेटा युद्ध भूमि में जाएगा

पाकिस्तान की भूमि में जन गण मन गाएगा

दुनिया को देख लाएगा विश्व ख्याति वह पाएगा

परम शिखर पर झंडा अपना शौर्य से लहराएगा

जब भारत माता शूरवीर का तिलक करेगी

कांप वो हाफिज जाएगा

मिलेगा ना फिर एक भी मौका

जब शूरवीर अपना कौशल दिलाएगा

खाली वार ना जाएगा फिर दुश्मन ना हील पाएगा

बंद होंगी वह आंखें जिसमें सपने काले हजार थे

तांडव होगा शक्ति का , बचना कोई पाएगा

जब भारत मां का हर एक सैनिक शिव शंभू बन जाएगा

जब भारत माता शूरवीर का तिलक करेगी

एक संदेशा पाक में जाएगा

माफी मिली है अब तक जो अब ना हमसे हो पाएगा

बहे खून का बदला लेंगे वह शहादत हमसे कुछ कहती है

दिए दर्द है हमें कई अब तक चुप थे हम उन दर्द भरे अफसान से

पता करो तुम शेर जगा है भारत के मैदानों से

लिए दहाड़ सिंह की जब हम तुम पर यूं वार करेंगे

दहल उठेगी धरती तेरी जब हम नरसंहार करेंगे

जब मां का प्यारा बेटा वीर शिवाजी बन जाएगा

फर्क बस इतना होगा तूने छुपकर मारा था वह तेरा सीना छलीकर कर आएगा

जब भारत माता शूरवीर का तिलक करेगी

एक अल्फाज यू बोला जाएगा

बहुत हुई है क्षति हमारी अब ना होनी चाहिए

इंतजार की आशा में हां मां बैठी है देहरी पर

इंतजार की आशा छली इस बार ना होनी चाहिए

इस बार ना नम होंगी आंखें बहना की लौट के भैया आएगा

कसम खाई है वीरों ने हा इस बार तो बस हल्ला होगा अपना कोई ना मारा जाएगा

जब भारत माता शूरवीर का तिलक करेगी

जब मां का बेटा जीतकर आएगा

रोशन होंगे अपनी गलियां सारी , पाकिस्तान में मातम छाएगा

हिंदुस्तान का हर एक फौजी वंदे वंदे गाएगा

लिए तिरंगा हाथ में अपने गौरव से लहराएगा

Badalte Rishte

Badalte masoom ka mai kuch iss kardar hall baya karta hu,

Usski batao mai jaise, mai apne alfaz baya karta hu,
paheli barish ki khushbu ho ya uske aane ki khushi,
Mai apne shabdo se uska, intazaar baya karta hu,
Rahat hai jaise uska uuhi chale aana
Jaise ho barish ka phodho ko muskurana,
Mai barish ka mitti ke liye wo ehasaan baya karta hu,
Jaise mai har ek din uski muskan baya karta hu,

Engineer

Ek kahani Shuruaat se sunata hu,

Thodi stories aapki bhi batata hu,
Yeh kahani jab ki hai jab ham thode chhote the,
Papa se dar lagata tha mummy ke ek laute the,

Bachpan mai hi pacpan ka dream choose karna hota tha,
Engineer, doctor toh kisi ko lawyer banna hota tha,
Phele board exam ka darr, Baad mai jee samne khada
hota tha,
Apne hi ghar mai na jane, anjan se darr

Result ki durghatna ko samjhkar hamne result ko apna
maan, IIT ko chhod kar kisi aur college ko apna maan
liya,

Maine College mai maine addmission toh kara liya tha,
Aapne maan mai Engineer banane ka sapana bhi saja liya
tha,

Darr tha college kaisa hoga, college mai mera kya hoga,
Seniors kaise hogenge, Raging hogi kya,
Friends kaise hogenge, Friendship hogi kya,
Teacher kaise hogenge, Bonding hogi kya,

Wo kahte hai na, Engineering is all about struggle,
Iska pata mujhe tab laga, jab maine college ki mess ka
baigan chakha,

Wo maa ke Pyarr bhare lagane se lekar, Maa hath ke aachar par aa gaye hamm,

Pata nhi kyu iss chezz ko kahana samjh kar kaha rahe hamm,

Definition of best in Engineering ?
Jo Dost Bina Kahe Proxy Laga de.
Mahool mai garmi tab badh jati thi jab exam ki date sheet aati thi,
Teacher ne kya padhaya, hamne kya padha, book mai kya tha, Hamm Kaya likh kar aaye kise fikar hoti thi,
School 90 marks lekar bhi dukhi hone wale ko yaha 60 number dekhkar khushi hoti thi,

Inn char saalo mai Engineer aur Engineering ka safar khatm ho jayega,
Kuch Yaadein ban jayengi toh kuch kahaniya,
Inn kahaniyon ko samet lena yaro,
Chaar saal baad yeh Engineering tumhe yaad nhi aayegi yeh kahaniya tumhe Engineering yaad dilayengi.

Dil Wala Kona

Kuch batao se rona aata hai,

Kiyu ki mere sinne ma bhi dil wala kona aata hai,

Kuch baat unsunnhe karne ke baad bhi mujhe yaad rahati
hai,
Kiyuki sayad wo mere dil ke itne pass rahati hai,
Kuch batao ko sunnke mera dil bhi hil jata hai,
Kiyuki tumhara yeh parda bhi mere dil ke samane khul
jata hai,

Kuch bolne ke phele do pal soachna jaruri toh nhi hai,
Par har bar mere hi dil ko todna bhi toh jaruri nhi hai,

Kuch bolne se tumhare aisa nhi ki mera Dil tutt jata hai,
Bass isse tumse ruthne ka ek aur bahana sa mil jata hai,

Kuch batao ma hasi kam, kadvahat jayada hoti hai,
Kiyu wo har ek baat tere hi muh se nikli hoti hai,

Kuch shabd hai jo meri mahanat ke bare ma hote hai,
Sayad wo mere dil ke sabse bade bari hote hai,

Kuch shabd hai jinhe soacha kar bolna padta hai,
Kiyu ki sabhi ke sinne ma dil wala kona hota hai,

Pata hai Tum Kon Ho

Tum Raaz ho uss hakikat ka,

Jisse Maine Sab se pucha kar rakha hai,
Tum khawab ho uss subha ka,
Jo maine kab se banaye rakha hai,
Tum na masum ki paheli barish ho,
Jo apne sath ek alag hi khushbu lati hai,
Tum na rahat ho, uss shaam ki,
jo milo chalne ke baad aati hai,
Tum na muskurahat ho, uss chhote bacche ki,
Jo pal bhar mai sare gamm bhulati hai
Tum na aasmaan mai timtima hua sitara ho,
Jo Tutt kar bhi hazaro ki kismat badal deta hai,

Tum na shabd ho, mere alfazo ke,
Jo milkar tumhari tarah, meri kavita ko Sundar banate
hai.

Dushman

तुम बदलो तो सही,

वह खुद ब खुद बदल जाएंगे,

वह दुश्मन नहीं है तुम्हारे,

तुम हाथ बढ़ाओ तो सही,

वह खुद ब खुद तुम्हें गले लगाएंगे,

माना गलती नहीं थी तुम्हारी,

चलो ठीक है जान से मार डालो उन्हें,

पर याद रखना वही बाद में तुम्हें याद आएंगे,

माना बहुत बुरे है वो, तो फिर दोस्ती क्यों की,

पता है दोस्ती सारी बुराइयां छुपा देती है,

एक बार और छुपा के देख लो, क्या पता बात बन जाए,

हो सकता है, बात बहुत छोटी हो,

जिस बात को तुम बड़ा सोच रहे हो, और वो बड़ा बना रहे हो,

शायद ऐसी कोई बात ही ना हो,

मैं एक बात जरूर कह सकता हूं,

दोस्ती टूटने का दर्द जरूर होता है,

तुम्हें कितना, और उन्हें कितना मालूम नहीं,

चलो अब मैं और कुछ तो नहीं कह सकता,

मर्जी आपकी है, दोस्ती आपकी है,

अगर एक बात मानो तो बोलू,

I Hate You का मैसेज भेज कर ही देख लो,

क्या पता कि और झगड़े, में #Dushman दोस्त बन जाए,

I Miss You

Maa naa jane kiyu, Aaj bhi tere hone ka ahasas hota hai,

Par yeh lamha, mere liye bahut khass hota hai,
Pal bhar ke liye hai sahi tere hone ka abhas hota hai,
Na jane kiyu, Aaj kal tu mere sapno mai aati hai,
Sapno mai hi sahi, Par tu mujhe Pyarr se gale toh lagati hai,
Mujhe lagata hai, tere ghar ko bhi teri yaad aati hai,
Tabhi toh tere jane ke baad ghar ki khushiyan kahi gum si jann aati hai,
Aaj bhi lagata hai, Tu mujhe subha pyarr se uthayegi,
Wahi baatein hogi, wahi phele jaise tu mujhe Pyarr se khilayegi,
Par aab lagata nhi maa yeh zindgi, Zindgi ko aur raas aayegi,
Teri Yaadein nhi Yaadon ka samandar hai maa,
Maa tujhe sab bhula denge,
par mai kaise bhula paunga,
Tu Meri Zindgi hai, Apne aap ko kaise mita paunga

Mere Papa

हर दर्द को तू चुपता गया,

हर मुश्किलें तू मिटता गया,

इन नन्ही आंखो मै हजारों सपने तूने सजाए,

हर चीज़ जो चाही तूने दिलाई,

हर एक आंसू चिपा कर, जो मुस्कान तू दिखता था,

कियू हर मुश्किल मै तू मुस्कुराता था,

अपनी जान तू मुझ में कियू समता था,

मै गिर जऊं तो तू कियू सहम जाता था,

डार लगता था, अंधेरे से कभी,

तूने अंधेरे मै भी चलना सिखाया,

दूर था तुझसे या मां का प्यार ज्यादा था,

एक बात कहूं पापा तुझ पर मां जितना ही प्यार आता था,

मेरा दोस्त बनकर, मेरी जिंदगी को संवारा है,

मैं सौ बार गिरा हूं, तूने सौ बार मुझे उठाया है,

सही राह को चुनना सिखा गलतियों पर डांटा भी है, प्यार से गले भी लगाया है,

कभी नहीं कहा पापा आज

अगर मां धड़कनों में, तो तू मेरे दिल मै समाया है,

My First Crush

मैं इबादत लिखता हूं

वह आदा करती ह ह
थोड़ी मासूम है
पर अपनी बातों बस मेरा जिक्र करती है
भूल जाऊं तो याद दिलाती है
अपनी तारीफ है भी खुद कर जाती है
मलम नहीं है वो
पर हर बार मेरी छोटों को भर जाती है
समवर्ती भी है काजल भी लगाती है
उसका हर वो रूप निखरता है
जब वह मेरे सामने आती है
जादू सा करती है, वो अपनी बातों में,
इशारे भी उसके तिलास्मानी होते है,
मै चाहूं या नचाहू पर, हर वक़्त
मेरी नींद के फरिश्ते उसके ख़यालो में खोए रहते है
वह नहीं कहती मुझे चांद लाने को
ना मुझे शाहजहां की कहानी बताती है
वो मेरी है, मुझ से है, और
मुझ में ही रहना चाहती हैं

Novermber 26

Wo har mushkil se hass kar aubar deti hai,

Wo maa ki jhappi hai jo mujhe kaato mai phool sa aaram
deti hai.
Aasmaan se armaano ko, jami par usne hi utara hai,
Log maa kahte hai usse,
Par meri toh wahi mandir, wahi masjid wahi sahara hai.

Mashakkat lagi mujhe, tujhe kandhe par uthane mai,
Uss din tujhe kuch pagg lekar jane mai,
Manta hu thoda bada ho gaya hu,
Par abhi bahut kamzor hu tujhe samsaan lekar jane mai,

Maa tu jab ja rahi thi mujhe pata tha
tu laut kar nhi aayegi,
Teri sasane hamesha ke liye Yaadein ban jayegi,
Ghar toh rahega, sab rahega tere baad bhi,
Par aab wo Ghar ki khushiya tere jane ke baad nhi
aayengi.

मां तू जब रही थी, मुझे पता था तू लौट कर नहीं आएगी,
तेरी सासंसे हमेशा के लिए यादें बन जाएगी,
घर तो रहेगा, सब रहेगा तेरे बाद भी,
पर अब वो घर की खुशियां तेरे जाने के बाद कभी नहीं आएंगी

My Teachers

Mere Shikshak wo jo mujhe kabhi dast kar, Kabhi hasa kar
toh abhi apni hi kahaniyan sunakar hame samjhte...

Mere kamjoriyon ko khud ki kamjoriya
Samjh kar mujhe bache sa samjhte,
Toh kabhi mera dost banene mai,
Ek pal bhi samaye na lagatae.

Kuch kahate hai teacher mai bhagwan
Ka roop hota hai,
Wo bina kahe hi, Mujhe jann lete hai
Thode waqt mai hi sahi mujhe aapna dost maan lete hai

Wo mujko darrte hai,
Sudharne ke liye,
Wo mujhko samjhte hai,
savarne ke liye

Unki Sabashi bhi kisi hosele se kaam nhi hoti,
Unki har ek baat jeevan ke sedhanto se kaam nhi hoti,

Wo apki manjilo ko apna mante hai,
Sapne aap dekhte hai,
Unko hakikat mai badalna Wo jante hai
Wo apko sahi rah dekhte hai
Raasto par chalna sikhate hai,

Har durr ki manjil ko pass batae hai
Mushkilon mai toh sath chalte hai
Manjil mil jane par,
Khud pichhe ho kar taliyan bajate hai,
Mere teacher mere liye Kitna kuch kar jate hai.

Jab mai ghabrahta hu toh mera hath hamte hai,
Pichhe hatana nhi uss kamjori ko meri takat banate hai,
Mujhe nhi malum wo yeh sab kaise karte hai,
Sayad isliye ho bhagwan ka roop kahelate hai.

Chalo ek din hi sahi ham unhe yaad toh karte hai,
Hame unse ek bari baat toh karte hai,

Incomplete

Kiyu ham unke liye udaas hote hai,

Jinki kahani mai sirf ham ek ehsaas hote hai, to be continued